महिला सशक्तिकरण

बलात्कार

मार्ग से साभार

डॉ. राहुल चौधरी, डॉ. अमन सिंह

ISBN : 81-88720-62-3

उत्तम प्रकाशन

35-ए, डी.डी.ए. फ्लैट्स, मानसरोवर पार्क, दिल्ली-110032

मूल्य : 32.00

संस्करण : 2011

बलात्कार

समाज में स्त्री की निम्न दशा और अन्य परिस्थितियों के कारण हमेशा से उस पर जुल्म होते आ रहे हैं। 'बलात्कार' ऐसा ही एक खतरनाक अपराध है, जो सदियों से स्त्रियों पर होता आ रहा है।

स्त्री की सहमति के बिना उससे सम्भोग करना और सोलह वर्ष से कम उम्र की लड़कियों के साथ सम्भोग करना, दोनों कानूनन अपराध हैं। इस अपराध को बलात्कार कहा जाता है। इस जुर्म के लिये अपराधी को उम्र कैद भी हो सकती है।

बलात्कार एक आम अपराध है, फिर भी पुलिस में इसकी रिपोर्ट बहुत कम दर्ज़ करवायी जाती है। अगर किसी स्त्री के साथ बलात्कार होता है तो वह अक्सर पुलिस में रिपोर्ट नहीं लिखवाना चाहती। वह समझती है :

- लोग समझेंगे, वह भ्रष्ट हो गयी,
- घर वाले बदनामी के शिकार होंगे,
- उसकी बात का कोई विश्वास नहीं करेगा,
- बलात्कार करनेवाला पुरुष, कोई बड़ा आदमी है। वह उस पर और उसके परिवार वालों पर अत्याचार करेगा,
- वह समझती है पुरुष से दुर्व्यवहार होना तो औरतों की किस्मत है,
- वह इतनी कम उम्र की या मासूम है, कि वह समझ नहीं पाती उसके साथ क्या किया गया है,
- लोग उसे ही दोषी ठहरायेंगे।

क्या किसी स्त्री को बलात्कार का अपराध चुपचाप सहन करना चाहिए? क्या वह सिर्फ इसलिए बुरी और भ्रष्ट हो गयी है कि उसके साथ बलात्कार

हुआ है? क्या कोई पुरुष किसी भी स्त्री के साथ जबरदस्ती कर सकता है और इसके लिए उसे कोई दण्ड नहीं दे सकता?

नहीं। नहीं.... नहीं। हमारे देश में कुछ ऐसे कानून हैं, जो बलात्कार की शिकार स्त्रियों की सहायता करते हैं और अपराधी को दण्ड देते हैं।

कानून कैसे मदद कर सकता है?

- कोई भी स्त्री अपने साथ घटे ऐसे अपराध की पुलिस को शिकायत कर सकती है। वह शिकायत दर्ज कराने की स्थिति में न हो, तो उसके सगे-सम्बन्धी शिकायत कर सकते हैं।
- उसके द्वारा दी गयी सूचना हमेशा गुप्त रखी जाएगी।
- ऐसे मामलों की सुनवाई को बंद कमरे की सुनवाई कहते हैं यानि कि कोर्ट में सिर्फ मामले से जुड़े लोग जैसे पीड़ित महिला, बलात्कारी, मैजिस्ट्रेट, दोनों तरफ के वकील, लड़की के नजदीकी रिश्तेदार, पुलिस और लिपिक रहते हैं। आम जनता को कोर्ट की सुनवाई देखने या सुनने की अनुमति नहीं है।
- यदि किसी औरत के साथ हवालात में या अन्य संरक्षण में, जैसे कि अस्पताल या नारी-निकेतन वगैरह में, सम्भोग किया जाये तो यह माना जायेगा कि उस औरत पर बलात्कार हुआ है। फिर उस पुरुष को ही साबित करना होगा कि वह निर्दोष है। स्त्री को बलात्कार का सबूत नहीं देना पड़ेगा।

बलात्कार क्या है?

जब कोई पुरुष किसी स्त्री के साथ उसकी इच्छा के विरुद्ध सम्भोग करता है तो उसे बलात्कार कहा जाता है। आम भाषा में कहा जाता है कि स्त्री के साथ 'ज़बरदस्ती' हुई है या उसकी 'इज्ज़त लूटी' गई है।

कानून की भाषा में बलात्कार तब होगा जब कि

- किसी स्त्री के साथ उसकी इच्छा और सहमति के बिना किसी पुरुष द्वारा सम्भोग किया जाए या

- सम्भोग के लिए उसे डरा–धमका कर उसकी सहमति ली जाये, या
- उससे यह कहकर सम्भोग किया जाये कि वह पुरुष उसका पति है, जबकि वास्तव में वह पति नहीं है, या
- किसी ऐसी स्त्री के साथ पुरुष द्वारा संभोग किया जाए जो
  - दिमागी तौर पर कमजोर हो
  - जो किसी तरह के नशे के प्रभाव में हो
- पति द्वारा 15 साल से कम उम्र की पत्नी के साथ किया गया संभोग।
- सोलह साल से कम उम्र की किसी लड़की के साथ हुआ सम्भोग भी बलात्कार कहा जाएगा। चाहे वह उसकी मर्जी से हुआ हो, या मर्ज़ी के खिलाफ।

सम्भोग का क्या अर्थ है?

आमतौर पर जब हम कहते हैं कि किसी स्त्री का पुरुष के साथ शारीरिक सम्बन्ध है, या कोई स्त्री किसी पुरुष के साथ सोयी है, तो उसका अर्थ होता है कि उन्होंने सम्भोग किया है। बलात्कार के अपराध में कानून किसे सम्भोग समझता है, यह जानना आवश्यक है। कानून की निगाह में बलात्कार तभी होता है जब पुरुष के लिंग का स्त्री की योनि में प्रवेश हो। फिर चाहे किसी कारण से सम्भोग क्रिया पूरी हुई हो, या नहीं, वह बलात्कार कहलायेगा। बिना लिंग के योनि में प्रवेश किये कोई अन्य क्रिया बलात्कार नहीं कहलायेगी। हाँ, वह कोई दूसरा अपराध माना जायेगा, जिसकी सज़ा कुछ कम हो सकती है। बलात्कार के अपराध की परिभाषा भारतीय दंड संहिता की धारा 375 में दी गई है।

'स्त्री की इच्छा के विरुद्ध' का क्या अर्थ है?

इसका अर्थ है कि स्त्री की मर्जी के खिलाफ पुरुष का उसके साथ सम्भोग करना। मतलब स्त्री की अपनी इच्छा चले तो वह उस पुरुष के साथ सम्भोग नहीं करेगी।

रमा मोहनलाल के खेत में काम करती है। मोहनलाल एक दिन मौका

देखकर रमा को एकान्त जगह पर ले जाता है। मोहनलाल उसे बताता है कि वह उसके साथ संभोग करना चाहता है। रमा ऐसा करने से इन्कार कर देती है। दोनों में हाथापाई शुरू हो जाती है। मोहनलाल रमा के मुँह में कपड़ा डालकर उसका मुँह बन्द कर देता है और उसके साथ संभोग करता है।

स्त्री की इच्छा के विरुद्ध इस तरह का सम्भोग बलात्कार कहा जायेगा। अगर किसी स्त्री के न चाहने पर भी उसके साथ सम्भोग किया जाये, तो उसे बलात्कार माना जायेगा। परन्तु इसका मतलब यह नहीं है कि उसके लिए हाथापाई, झगड़ा होना या छीना-झपटी ज़रूरी हो। स्त्री की मज़बूरी का फायदा उठाकर उससे हाँ कहलवाकर उसके साथ किया गया सम्भोग भी बलात्कार ही है।

स्त्री को डरा धमका कर संभोग करना बलात्कार है।

एक दिन राधा लकड़ी लेने जंगल गयी। ठेकेदार ने उसे अपने बंगले पर आने को कहा। जब राधा ने मना किया तो ठेकेदार ने धमकी दी कि वह राधा को जंगल की लकड़ी नहीं ले जाने देगा और राधा के भाई को नौकरी से निकाल देगा। राधा ने सोचा कि ऐसा होने से उसका परिवार भूख से मर जायेगा, क्योंकि पाँच लोगों के परिवार में एक भाई कमाता था। ठेकेदार का काम करने के सिवाय गाँव में उसके अनपढ़ भाई के लिए और कोई नौकरी भी नहीं। डर के मारे वह ठेकेदार के साथ चली गयी। बंगले पर ठेकेदार ने राधा के साथ सम्भोग किया।

कानून की नज़र में वह भी बलात्कार माना जायेगा। ठेकेदार ने राधा को डरा-धमकाकर उसकी सहमति ली थी। ठेकेदार को कानून बलात्कार का अपराधी ठहरायेगा।

क्या पति पत्नी के सम्भोग को बलात्कार कहा जा सकता है?

सिर्फ कुछ परिस्थितियों में। हमारे समाज में पत्नी को पति की सम्पत्ति की तरह माना जाता है। पति का यह अधिकार माना जाता है कि वह जब चाहे अपनी पत्नी के साथ सम्भोग करे, चाहे पत्नी न भी चाहती हो। आमतौर

पर कानून उसे बलात्कार नहीं मानेगा। लेकिन अगर पत्नी 15 साल से कम उम्र की हो, तो वह बलात्कार होगा। अगर कोर्ट के आदेश से या रीति-रिवाज के अनुसार पति-पत्नी अलग-अलग रहते हों और पति, पत्नी के साथ उसकी इच्छा के विरुद्ध सम्भोग करता है, तो वह बलात्कार माना जायेगा।

पागल या कमजोर दिमागवाली स्त्री से सम्भोग बलात्कार है।

अगर कोई पुरुष किसी पागल या कमजोर दिमागवाली स्त्री से सम्भोग करता है, तो वह बलात्कार होगा, चाहे उसमें उस स्त्री की इच्छा और सहमति दोनों ही क्यों न हों। यह इसलिए, क्योंकि ऐसे दिमागवाली स्त्री अपना भला-बुरा नहीं सोच सकती।

शराब पी हुई स्त्री के साथ सम्भोग बलात्कार है।

अगर नशे के कारण कोई स्त्री अपने वश में न रहे, तो उससे सम्भोग करना बलात्कार का अपराध होगा।

यदि किसी अन्य कारण से भी अगर कोई स्त्री होश में न हो और उसके साथ कोई सम्भोग करे तो वह भी बलात्कार होगा।

16 वर्ष से कम उम्र की लड़की के साथ सम्भोग भी बलात्कार है।

याद रखिए 16 वर्ष से कम उम्र की लड़की के साथ संभोग करना कानूनन अपराध है। चाहे उसमें लड़की की सहमति हो या न हो।

बलात्कार का अपराधी किसे माना जाता है?

सिर्फ पुरुष को बलात्कार का अपराधी माना जाता है। चाहे वह 10 वर्ष का बालक ही क्यों न हो, अगर वह जानता है कि वह क्या कर रहा है, उसे सजा होगी। कई बार एक से अधिक पुरुष भी एक स्त्री के साथ एक-एक करके बलात्कार करते हैं, ऐसे में वे सभी अपराधी होंगे।

क्या बलात्कार में सहयोग देने वाले को भी सजा होगी?

- हां, बलात्कार में सहयोग करने वाले चाहे वह स्त्री हो या पुरुष उसे भी बलात्कारी के बराबर सजा होगी।

अगर कोई दूसरा व्यक्ति किसी प्रकार से किसी पुरुष को बलात्कार करने में मदद करे तो उसे इस जुर्म में 'सहयोगी' होने के कारण जेल होगी।

सामूहिक बलात्कार

कई पुरुषों द्वारा एक या अधिक स्त्रियों पर लगभग एक ही समय पर किए गए बलात्कार को सामूहिक बलात्कार कहते हैं तथा इसमें हर एक अपराधी को कम से कम 10 वर्ष की सजा होगी।

बलात्कारी को कितनी सज़ा होगी?

- कोर्ट में बलात्कार करनेवाले का अपराध सिद्ध होने पर उसे 7 से 10 वर्ष या उम्र कैद भी होती है। किसी विशेष कारण से, कोर्ट चाहे तो 7 से कम वर्ष की सज़ा भी दे सकती है। लेकिन कोर्ट को यह कारण लिख कर बताने होंगे।

गर्भवती महिला के साथ बलात्कार

- अगर कोई पुरुष, यह पता होने पर कि स्त्री गर्भवती है, उसके साथ बलात्कार करता है, तो उसे कम से कम 10 वर्ष की सज़ा होगी।
- 12 वर्ष से कम उम्र की लड़की के साथ किये गये बलात्कार के लिये कम से कम 10 वर्ष की सज़ा होगी।

सामूहिक बलात्कार

- कई पुरुषों द्वारा एक या अधिक स्त्रियों पर लगभग एक समय पर किये सामूहिक बलात्कार में भी हर एक अपराधी को कम से कम 10 वर्ष की सज़ा होगी।

संरक्षण में बलात्कार

संरक्षण का मतलब है जब कोई स्त्री किसी जिम्मेदार व्यक्ति के देखरेख और निगरानी में होती है।

लेकिन कई बार ऐसे ही व्यक्तियों द्वारा जैसे कि पुलिसकर्मी, सरकारी नौकर, जेलों और अस्पतालों में काम करनेवाले कर्मचारी जो कि विशेष रूप

से सशक्त होते हैं वे भी अपनी निगरानी या हिरासत में रहने वाली स्त्री के साथ बलात्कार करते हैं। ऐसे अपराधों के लिए अपराधी को कम से कम 10 साल से लेकर उम्र कैद की सजा होगी।

पीड़ित महिला को क्या-क्या सावधानी बरतनी चाहिए?

- **दोस्त या परिवार वालों को बतायें :** बलात्कार से पीड़ित स्त्री को घटना के बारे में अपने निकट के मित्र/सहेली या परिवार वालो को तुरन्त बताना चाहिए। अपने या गांव के बुजुर्गों को लेकर थाने में एफ.आई.आर. दर्ज करवानी चाहिए।
- **न नहाएं और न ही पहने हुए कपड़े धोएं :** बलात्कार के बाद स्त्री को अपने अन्दर बहुत ही गन्दगी महसूस होती है, मगर जब तक डॉक्टरी जाँच नहीं हो जाती उसे न तो नहाना चाहिए और न ही घटना के समय पहने हुए कपड़ों को धोना चाहिए।
- **तुरन्त पुलिस को सूचना दें :** वास्तव में जिस स्त्री पर बलात्कार हुआ होता है, वह इतनी घबरायी हुई होती है कि वह सोच ही नहीं पाती कि उसे क्या करना चाहिए। परन्तु फिर भी उसे अपने-आपको सम्भालना चाहिए। अगर वह रिपोर्ट करने में एक-दो दिन का समय लगाती है तो घटना के निशान मिट जायेंगे और अपराध सिद्ध होना कठिन होगा। ज़रूर याद रहे-संभव हो तो रिपोर्ट के लिए स्त्री अन्य कुछ साथियों के साथ जाये, अकेली नहीं। पुलिस का कर्त्तव्य है कि वह पीड़ित महिला की डॉक्टरी जाँच करवाए। अगर गाँव में पुलिस स्टेशन न हो तो गाँव के या आसपास के गाँव के किसी डॉक्टर से जाँच करवा कर उसकी रिपोर्ट ले लें। पुलिस वाले स्त्री की जाँच नहीं कर सकते। वे डॉक्टर से (स्त्री या पुरुष) जाँच करवा सकते हैं।

पुलिस क्या करेगी?

पुलिस स्टेशन में पुलिस अधिकारी या दारोगा शिकायत को (जिसे एफ.

आई.आर. भी कहते हैं) रिकार्ड-बुक (शिकायत-पुस्तिका) में लिखेगा और

- स्त्री को पढ़कर बतायेगा कि उसमें क्या लिखा है,
- स्त्री से शिकायत पर हस्ताक्षर या अंगूठा लगाने को कहेगा, और
- स्त्री को शिकायत की एक प्रति देगा।

घटकी की रिपोर्ट लिखवाने के बाद

- पुलिस पीड़ित महिला की डॉक्टरी जांच करवाएगी।
- पुलिस पीड़ित महिला के घटना के समय पहने हुए कपड़ों को सील बंद करेगी और उसकी रसीद उस महिला को देगी।

डॉक्टर क्या करेंगे?

डॉक्टर (स्त्री या पुरुष) स्त्री की जाँच करेंगे। जाँच के वक्त किसी और स्त्री को वहाँ हाज़िर रहना चाहिए। डॉक्टर स्त्री की योनि की जाँच करेंगे। उसके आस-पास वीर्य है या नहीं वह यह भी देखेंगे। साथ ही स्त्री की जाँघ व उसके बीच लगी खरोचों आदि की भी जाँच होगी। डॉक्टर स्त्री की मानसिक हालत भी अपनी रिपोर्ट में लिखेंगे।

घटना की रिपोर्ट लिखवाने के बाद पीड़ित महिला द्वारा बताये गये हुलिये के अनुसार पुलिस बलात्कारी को ढूंढती है। फिर थाने में महिला को बलात्कारी को पहचानने के लिये कहा जाता है।

अगर पुलिस स्टेशन का अधिकारी या दारोगा स्त्री की रिपोर्ट लिखने से इन्कार करता है, तो स्त्री को सारी घटना और दारोगा की मनाही के बारे में पुलिस अधीक्षक को पत्र लिखकर भेजना चाहिए। पत्र मिलने पर या तो वह स्वंय सारी जाँच करेंगे या किसी दूसरे अधिकारी या पुलिस कर्मी को जाँच के लिए कहेंगे।

फिर भी, पुलिस अगर यह समझे कि रिपोर्ट लिखने के लिए पर्याप्त कारण नहीं हैं, और मना कर दे तो स्त्री को चाहिए कि वह स्थानीय न्यायाधीश (मैजिस्ट्रेट) को जाकर अपनी रिपोर्ट दे। अगर न्यायाधीश ज़रूरी समझें तो स्वयं मामले की छानबीन करेंगे या पुलिस को उचित कार्यवाही करने के लिए कहेंगे।

बलात्कार करने वाले का क्या होगा?

स्त्री को बलात्कार करने वाले का चेहरा याद रखना चाहिए तकि वह उसे पहचान सके। उसे पुरुष के कपड़े, रंग-रूप के बारे में पुलिस को बताना चाहिए। साथ ही स्त्री को पुलिस को बताना चाहिए कि उस घटना के बाद बलात्कारी पुरुष किस दिशा में गया। इस सूचना से पुलिस को बलात्कारी को पकड़ने में मदद मिलेगी। उसे पुलिस द्वारा पकड़ लेने पर स्त्री को उसे ठीक से पहचान लेना चाहिए। पुरुष वही है, इसकी जानकारी और बातों से भी मिल सकती है। यदि उसे तुरन्त पकड़ लिया जाये तो उसकी जाँच से भी उसके अपराध का पता चल सकता है। खरोंचों के या झगड़े के निशान हो सकते हैं, उसके लिंग और कपड़ों पर ताजे वीर्य के निशान होंगे, उसके बालों, खून और चमड़ी की जाँच से पता लगाया जा सकता है कि वह वही पुरुष है, क्योंकि ऐसे ही निशान स्त्री के शरीर पर भी पाये गये होंगे। इसलिए यह ज़रूरी है स्त्री तुरन्त पुलिस में रिपोर्ट करे ताकि अपराधी इन डॉक्टरी सबूतों के साथ पकड़ लिया जाये।

अगर वह नहा लेता है, या अपने कपड़े धो लेता है या बदल लेता है, तो उसके शरीर पर लगे अपराध के निशान-सबूतों को वह मिटा देगा। इसलिए कार्यवाही करने में देर नहीं होनी चाहिए।

क्या मैजिस्ट्रेट स्त्री की शारीरिक जाँच कर सकता है?

नहीं। मैजिस्ट्रेट स्त्री के शरीर को न छू सकते हैं, न ही उसकी जाँच कर सकते हैं। वह स्त्री और घटना के गवाहों से सवाल पूछकर पूरी घटना की जानकारी लिख लेंगे। फिर वह स्वयं दस्तख्त करेंगे और स्त्री और बाकी गवाहों से भी हस्ताक्षर करवायेंगे।

अगर बलात्कारी ताकतवर और प्रभावशाली हो तो?

अगर अपराध करनेवाला पुरुष, काफी ताकतवर और प्रभावशाली हो, जिसके कारण पुलिस और स्थानीय मैजिस्ट्रेट अभी स्त्री की रिपोर्ट लिखने से इन्कार कर दें, तो वह इन लोगों को सीधे पत्र लिख सकती है—अपने

राज्य के मुख्यमंत्री, पुलिस महानिरीक्षक, स्थानीय विधायक, कलेक्टर। वह उनसे मिलकर अपनी बात बता सकती है। यहाँ तक कि सीधे प्रधानमंत्री को भी पत्र लिखा जा सकता है। स्त्री किसी समाज-सेवी संस्था या स्थानीय या राष्ट्रीय समाचार-पत्र को भी पत्र लिख सकती है और घटना की जानकारी दे सकती है। इससे कार्यवाही में तेजी आएगी।

पुलिस बलात्कारी का क्या करेगी?

पकड़े जाने पर पुलिस बलात्कारी पुरुष से सवाल पूछेगी और जब तक जाँच चलती रहेगी, उसे हवालात या जेल में बन्द रखेगी। परन्तु, कई बार पुरुष को जब तक कोर्ट का नतीजा नहीं आता, जमानत पर भी छोड़ा जा सकता है।

क्या जाँच के दौरान हमेशा स्त्री को पुलिस स्टेशन जाना होगा?

नहीं। जाँच में जहाँ जरूरी होगा, पुलिस स्त्री के घर जाकर उससे बात करेगी। अगर पुलिस बहुत जरूरी समझे तो स्त्री को घटनास्थल या पुलिस स्टेशन पर बुला सकती है, पर अगर स्त्री न आना चाहे तो पुलिस उसे परेशान नहीं कर सकती। अगर ऐसा किया गया तो पुलिस के विरुद्ध कार्यवाही की जा सकती है, और सम्बन्धित पुलिसकर्मियों को दण्ड दिया जा सकता है।

बलात्कारी पुरुष को कोर्ट में कौन लायेगा?

स्त्री द्वारा एक बार रिपोर्ट लिखवाने के बाद जाँच का पूरा काम और बलात्कारी पुरुष को कोर्ट लाने का काम पुलिस ही करेगी। कोर्ट में सरकारी वकील स्त्री का केस लड़ेगा। वह चाहे तो अपनी ओर से एक और वकील रख सकती है, जो सरकारी वकील की मदद करे।

बलात्कारी पुरुष क्या कह सकता है?

अक्सर देखा गया है बलात्कारी अपनी सफाई में एक तरह की बातें करते हैं। जैसे कि, उस वक्त वह वहाँ था नहीं, या जिस व्यक्ति का कहना है कि उसने देखा है, उससे गलती हुई है, उसने किसी और को देखा होगा। या फिर कहेगा कि स्त्री ने पैसे लेकर उसके साथ सम्भोग करने के लिये

कहा था। इसलिये यह जरूरी है कि समय पर पुलिस को आवश्यक जानकारी दी जाये।

अगर लड़की 13-14 साल की है, तो वह कहेगा कि वह 16-17 साल की है और उसने सम्भोग के लिए सहमति दी थी। ऐसे मामलों में कोर्ट लड़की की मैडिकल जांच करने या आदेश देती है, जिसमें उस लड़की की हड्डियों की जांच द्वारा उसकी सही उम्र का पता लगाया जाता है।

कोर्ट की कार्यवाही में क्या होगा?

कोर्ट की कार्यवाही बन्द कमरे में होती है। कोर्ट दोनों पक्षें के सबूत देखेगा। दोनों पक्षों की बातें सुनकर मैजिस्ट्रेट यह भी मान सकते हैं कि पुरुष जो कह रहा है, वह ठीक है। स्त्री कोर्ट में आकर यह कहने से घबराती है कि उसके साथ बलात्कार हुआ है। फिर सारे सबूत और गवाह भी उसके पक्ष में फैसला होने के लिए जरूरी होते हैं। स्त्री यह ज़रूर सोचती है कि लोग क्या कहेंगे और इन बातों से हुई घबराहट में सारी जरूरी बातें कोर्ट में स्पष्ट नहीं हो पाती हैं। स्त्री को चाहिए कि वकील और पुलिस की मदद से अपने साथ हुए अपराध के लिये दोषी को सज़ा दिलवाए। चाहे जो मुसीबत उठानी पड़े, स्त्री को बलात्कार की रिर्पोट जरूर करनी चाहिए, बजाय इसके कि घटना को छिपाये। ताकि बलात्कारी को सबक मिले और आगे इस तरह की घटनाओं में कमी हो।

❑❑

मुद्रक : नागरी प्रिंटर्स, दिल्ली-110032

ज्ञान के मंदिर जाएंगे
पढ़-लिख कर आएंगे

ठान लि
सा
गां